AF313585

(349e)

CATALOGUE

DESSINS

ANCIENS ET MODERNES

DES DIVERSES ÉCOLES

PORTRAIT DE F. RABELAIS

De la fin du XVIe siècle

ET AUTRES DÉSSINS CURIEUX

Dont la vente aura lieu

HOTEL DES COMMISSAIRES - PRISEURS

RUE DROUOT, 5, SALLE No 7

AU PREMIER ÉTAGE

Le Mardi 24 Novembre 1874

A UNE HEURE PRÉCISE

Me **DELBERGUE-CORMONT**, Commissaire-Priseur,
rue de Provence, 8,
Assisté de **M. VIGNÈRES**, marchand d'Estampes,
rue de la Monnaie, 21 (ancien 13), à l'entre-sol,
CHEZ LEQUEL SE DISTRIBUE LE CATALOGUE.

PARIS — 1874

Payé le   Frais 27.10
12 x^{bre} 1874   Hocquet 98 rue Maubeuge   1333 ..   361 25   971 75
           JBN.   378 50   102 70   275 75
                                           1,711 50   463 95   1247 40
                                             463 95
                                           1247 55

CATALOGUE

DESSINS

ANCIENS ET MODERNES

DES DIVERSES ÉCOLES

PORTRAIT DE F. RABELAIS

De la fin du XVIe siècle

ET AUTRES DESSINS CURIEUX

Dont la vente aura lieu

HOTEL DES COMMISSAIRES-PRISEURS

RUE DROUOT, 5, SALLE N° 7

AU PREMIER ÉTAGE

Le Mardi 24 Novembre 1874

A UNE HEURE PRÉCISE

M° **DELBERGUE-CORMONT**, Commissaire-Priseur,
rue de Provence, 8,

Assisté de **M. VIGNÈRES**, marchand d'Estampes,
rue de la Monnaie, 21 (ancien 13), à l'entre-sol,

CHEZ LEQUEL SE DISTRIBUE LE CATALOGUE.

PARIS — 1874

CONDITIONS DE LA VENTE

L'ordre du Catalogue sera suivi.

Ce Catalogue nous a été remis manuscrit.

Elle sera faite au comptant.

Les Acquéreurs paieront CINQ POUR CENT en sus des enchères, applicables aux frais de vente.

M. VIGNÈRES, dirigeant la vente, se charge des Commissions.

NOTA. Toute commission sans prix fixé ou sans limite déterminée sera regardée comme nulle.

M. VIGNÈRES se charge de faire marquer les prix aux Catalogues des ventes qu'il a faites. Les personnes qui le désirent peuvent s'adresser à lui *franco*.

Plusieurs Amateurs éloignés en ont reconnu l'utilité pour les guider dans leurs achats sur les valeurs des Estampes.

Les Catalogues des Ventes à faire seront envoyés à toute personne qui en fera la demande *affranchie*.

M. VIGNÈRES se charge des Commissions dans les Ventes de Livres et Estampes autres que les siennes.

Choix de Catalogues avec prix marqués

13	Têtes et portraits	5	50
9	Aquarelles Bourgeois	4	50
17	Sujets religieux	5	50
8	Costumes et dessin chinois	1	50
15	Ornements architecture	4	
28	Paysages	7	50
12	École Allemande et autres	15	
6	Statues Desnoyers, Fortin	3	50
9	Études d'enfants etc	12	
6	Dessins au bistre	5	
22	Croquis Andrieux	4	50
14	Sujets Sanguine	15	
12	Paysages d°	3	50
25	Sujets d°	3	50
11	Études de Marine	6	
12	Fleurs Botanique Aquarelle lavis	2	
59	Croquis divers	5	
12	Vues de chateaux	3	
33	Sujets religieux	5	
22	Paysages	4	50
		116	00
	4.19.20.46.74.98.214.	5	50
		121	50

DESSINS ANCIENS ET MODERNES

1 ALLEGRAIN. Beaux paysages classiques, crayon noir rehaussé de blanc. 2 dessins grand in-fol.

2 ANASTASI. Arbres et rochers. Beau dessin au fusain fixé.

3 ANDRIESSEN. (J.). Intérieur d'un village hollandais. Lavis d'aquarelle.

4 ANONYME. (École bolonaise). Concert d'anges. Dessin à la plume et au lavis de pierre noire.

5 ANONYME. (C.-G.) Vestiges du Colisée à Rome au XVIIe siècle. Dessin au lavis mêlé d'aquarelle.

6 ANONYME. Colonne de la forêt Draconne en Brie (1726). Grand et beau dessin à l'encre, au revers, Projets de fontaines monumentales par moitié à la plume de roseau, terre de Sienne brûlée.

7 — Riche décoration d'architecture, bas-reliefs et statues, pour péristyle de Palais. In-fol. en bistre.

8 — Enfants personnifiant la peinture et le dessin, et autres amours et enfants. 4 sanguines.

9 ARPINO (Cav. d'). Prince à genoux, il va communier. Riche composition lavée à la sanguine. Collection Jules Dupan.

10 ARTOIS (Jacques Van). Paysage vigoureusement traité au lavis de bistre.

11 BACLER D'ALBE. Pâtre et ses chèvres, près d'un torrent traversé par un pont de bois. Beau paysage à l'encre. Collection Jules Dupan.

12 — Bergers gardant leurs bestiaux près d'une rivière, bordée de grands arbres. Grand in-fol. Beau dessin à l'encre de chine. Collection Jules Duplan.

13 BARBIERI (Giov. Francesco), dit Le Guerchin. Un Evangéliste. Belle étude à la plume. Ancienne collection.

14 — Étude d'ange. Beau dessin à la sanguine.

15 BAROCCI (Federigo). Tête de femme de haute condition. Superbe dessin aux crayons de couleur. On sait que le Baroche fut le premier qui mit en usage ce genre de dessin. Encadré.

16 BAUMANN (Jacob). Vue du lac de Brienne. Grand in-fol., à l'encre de Chine. Signé.

17 BAZZICALUVE. Paysage exécuté à la plume, au milieu duquel se trouve un tronc d'arbre vigoureusement dessiné.

18 — Intérieur de parc avec fontaine. Vue de village. 2 dessins à la plume.

19 BECCAFUMI (Domenico). Homme s'appuyant sur un bâton. Plume lavée de sépia.

20 BERGMULLER (J.G.). Allégorie à la Foi. Dessin à la plume, lavé d'encre de Chine et rehaussé de blanc.

Deschamp 1..50

OK. 25   Deschamp 3

Pierre 5

Deschams 2 50

Deschams 1

Lapert. 12.

Deschams 1

Garin 7

Deschams 1-50   Hedon 4

Deschams 14   Lapert. 65.X. OK. 35

4 21 — L'Assomption. Dessins à la plume lavés d'encre de Chine. Deux compositions différentes du même sujet.   *7*

5 22 BERNINI (Giov. Lorenzo). Projet de fontaine monumentale. Dessin à la plume et au lavis de sanguine.   *4*

3 23 BERRETTINI (Pietro) de Cortone. Étude à la pierre noire rehaussée de blanc. Académie, homme couché. Collection Samuel Conalchi.   *1 . 50*

10 24 BERTOUX (Paul). Une procession sur les bords d'une rivière. Beau paysage à la gouache. Signé. Sous verre.   *12*

4 25 BETHNA (M.). Une posada sur le bord d'un fleuve entouré de montagnes ; frontière d'Espagne. Belle aquarelle. Signé.   *3*

7 26 BLANCHART, fils. Ruines d'un Palais. Au milieu se voit un pont conduisant à un château-fort. Dessin à l'encre de Chine. Signé.   *7*   *Vig*

5 27 BLOEMART (Abraham). Ermites. 2 dessins à la plume, lavés de bistre, destinés à l'ouvrage sur les Ermites et les Ermitesses. Accompagnés des gravures.   *6*

4 28 — Étude d'une Femme dans l'attitude de la résignation. Sur la même feuille, une Tête d'homme coiffée d'un chapeau. Dessin à la pierre noire rehaussée de blanc.   *1*

29 BONINGTON (Richard Parkes). Vue de Douvres. Superbe aquarelle d'un puissant effet. Signée Sous verre.   *38*

30 BORDONNE (Paris). Une Dame présente la main à un amoureux; elle tient une pomme de l'autre main. Dessin à la plume lavé de sépia.

31 BOSCOLI (Andrea). Roi présidant une assemblée. Plume et lavis de sépia.

32 BOUCHARDON. Allégories, Emblèmes pour Médaillons. 2 sanguines.

33 BOUCHER (François). Tête de patriarche. Dessin à la sanguine brûlée.

34 BOUCHER. Maisons rustiques. Mine de plomb.

35 — Pastorale. Plume et encre de chine. Ovale en travers.

36 BOUDEWYNS (Antoine). Vénus blessée par l'Amour. Joli dessin de pierre noire rehaussée de blanc.

37 — Sujet mythologique. Pierre noire rehaussée de blanc. Pendant du précédent.

38 BOURGEOIS (C.). Paysages, vues étendues de pays montagneux, intérieurs de fermes. 12 aquarelles. Seront divisées.

39 BRAMER (Léornard). La Descente de croix. Grand dessin à la gouache. Genre grisaille.

40 BRENNA (Vincenzo). Ruine dans la campagne de Rome. Grand in-fol. A l'encre de Chine.

41 CABEL (Vander). Paysages. 2 vigoureux dessins à la sépia.

42 CALDARA (Polydore) de Caravaggio. Guerriers allant au combat. Dessin, en forme de frise, à la sépia relevée de blanc. Au verso: un sujet analogue.

Durcham 1.

Durcham 1 · 50

Durcham 1. 50

OK. 8. Durcham 1.50 Garin 8.

Dircham 1.50 <u>OK. 10</u>

Tiensy.   Dircham 3

May 12. Telm. 16.

Lapert. 12

Dircham 2   Hebon 3

43 — L'Enlèvement des Sabines. Fragment de cette composition exécutée en forme de frise qui a été gravée par Alb. Alberti. Beau dessin à la plume. Encadré.

44 CASANOVA (J.). Eve présentée à Adam. Dessin à la pierre noire. Signé.

45 CASTIGLIONE (B.). Marche d'un troupeau et de bagage. Grand dessin à l'encre de chine.

46 CAVEDONE (Jacopo). Vierge et l'Enfant Jésus apparaissant à un Evêque et un Saint. Sanguine.

47 CHALON (Christina). Marchande hollandaise. Intérieur à l'encre de Chine. C. C. F.

48 CHÉRON (Elisabeth-Sophie). Tête d'ange. Pierre noire reprise à la plume et rehaussée de blanc. Signé.

49 CIGNAROLI (Jean-Baptiste). Madeleine au sépulcre. L'Ange, assis sur le bord du tombeau, lui annonce la résurrection. Dessin au lavis d'encre de Chine.

50 CLÉRISSEAU. Fragment d'architecture en ruine. Bistre et encre.

51 CLERMONT. Vue de Village. A l'encre de Chine.

52 COCHIN. Brutus devant le corps de Lucrèce. Dessin à la plume lavé de bistre. Exécuté en vue d'une illustration.

53 COCK (Henri). Paysage flamand dans le goût de Pierre Breughel. Dessin à la plume lavé d'encre de Chine.

54 COLIN DE VERMONT. Sujet de l'histoire ancienne. Sanguine relevée de blanc.

55 CONSTABLE (John). Paysage au crayon et à l'estompe de sanguine et relevé de blanc. Beau spécimen de l'École anglaise. Sous verre.

56 CURTY. Vue prise à Gruyère, canton de Fribourg. Aquarelle in-4. Collection Jules Dupan.

57 DAUBIGNY. 1771. Vue de la tour Tolaré à la pointe du cap Corse, d'où part la méridienne pour la levée du plan de l'île de Corse. Beau dessin in-fol., à l'encre de Chine. Signé.

58 DELAFOSSE. Modillon, chapiteau de colonne à l'encre. Signé.

59 — Frise avec enroulements et figures. In-fol., à la plume. Signé.

60 DEMARTEAU (?). Jupiter et Io. Dessin à la plume lavé de couleur et d'encre de Chine. Encadré. Il a été exécuté, de ce dessin, une gravure en couleur.

61 — Satyre découvrant une Nymphe. Dessin à la plume lavé de couleur et d'encre de Chine. Encadré. Il a été exécuté de ce dessin une gravure en couleur.

62 DESFRICHES. Intérieur d'un parc. Joli dessin à la pierre noire.

63 DESRAIS (?). Caricature politique. A l'encre de Chine. La Justice casse les œufs que l'autruche a pondus et tue les dragons qui en sortent. Un jeune Français tient un œuf qui contenait le Génie de la Paix et il l'offre à John Bull.

64 DE VOS (Attribués à Martin). La Flagellation.— La Visitation. 2 dessins à la plume lavés d'encre de Chine.

OK 8.   Derschau 3.

OK 10   Derschau 3.50   Leis. 12.

OK 10   Derschau 3.50   Leis. 12.

Lapert 15

Derschau 2.

L. Bza. 22. OK 10
pas comprendre

Leis 35, Descham 2.50

Leis 20. Descham 6 OK 15

Descham 2

Descham 2

65 DIETRICH. Idylle. Bergère faisant un geste de commandement au berger qui est à ses pieds. In-fol. à l'encre de Chine.

66 DIZIANI (Gasparo). Clélie traversant le Tibre. In-fol. plume et encre.

67 DUCQ (Jean). L'Enfant prodigue à la taverne. Beau dessin à la pierre noire relevé de sanguine et de lavis.

68 DU JARDIN (Karl). Paysage montagneux. Un troupeau, poussé par un bouvier, gravit un coteau au sommet duquel se voit un groupe d'habitations entourées d'arbres. Au fond, des fabriques et plaines montagneuses. Beau dessin de forme ronde, au lavis d'encre de Chine.

69 DU SART (Corneille). Intérieur d'une école. Sur le caisson d'une stalle rustique le maître fait écrire un jeune garçon. Une fille chante en tenant son cahier. Au milieu de la classe, divers groupes sont occupés à écrire; au fond, un écolier entre sournoisement par la porte entre-ouverte. Amusante composition dans le goût d'A. Ostade, exécutée à la plume et au lavis d'encre de Chine. Signé.

70 DYCK (D'après Van). 3 Dessins à la pierre noire rehaussés de blanc, et qui ont été gravés par Lombard, Morin et autres.

71 DYCK (Attribué à Ant. Van). La Crucifixion. Dessin à la pierre noire (Collection V. Denon).

72 ÉCOLE FRANÇAISE de la fin du **xvi**ᵉ siècle. Portrait de François *Rabelais*, curé de Meudon. Encadré.

> Ce dessin, à la pierre noire, évidemment fait sur un document qui demeure inconnu, représente le caustique curé occupé à lire une gazette. Son contenu rapporte sans doute quelque aventure égrillarde, à en juger par le sourire narquois dont il accompagne sa lecture. Cette physionomie railleuse est bien celle que l'on peut s'imaginer avoir été le caractère de cet éminent critique. Ce dessin, dans sa naïveté, nous offre mieux qu'aucun autre des portraits connus, le type gouailleur de l'auteur de Pantagruel.

73 ÉCOLE FRANÇAISE. L'Assomption. Bon dessin à la plume, lavé d'encre de Chine.

74 — Vestiges d'une ferme-manoir. Dessin à la sanguine.

75 — Moulin à eau portant le nom de Watelet (1797). Aquarelle. — Maisons près d'une rivière. Aquarelle. — Paysage. Crayon noir. 3 dessins.

76 ÉCOLE FRANÇAISE. Ruines dans un parc, avec chute d'eau. Aquarelle.

77 — Albinius offre son char aux Vestales se sauvant de Rome. Esquisse crayon noir.

78 ÉCOLE FRANÇAISE XVIIIᵉ SIÈCLE. Amusements villageois pendant l'heure du repos. Composition de onze figures. Superbe contre-épreuve à la sanguine. Grand in-fol.

79 ÉCOLE DE FONTAINEBLEAU. Décoration de cheminée au bas de laquelle se voit le chiffre de Henri II et de Diane. Plume lavée de bistre.

80 ÉCOLE DE FONTAINEBLEAU. Femme ailée portant un candélabre allumé. Esquisse à la plume, d'un très-grand maître.

JK. 45

Discham 4. 50

Discham 3. 50

Discham 1.

Discham 1.

Discham 2, 50

Capsul. 12. Discham 1. Laurenel 20

Capsul. 14 Discham 1. Laurenel 20.

Descham 1

Lapert. 13

Descham 1

Descham 1

Descham 1

Descham 5 50

Descham 2
Fleury . . Descham 3

Descham 3

Garnier 4   Descham 2

Garin 8   Descham 2

81 ÉCOLE FLAMANDE. Réunion de toutes les Religions. Composition d'un grand nombre de figures à la plume et encre. Grand in-fol.

82 — Annonciation. Plume et bistre.

83 ÉCOLE HOLLANDAISE. Marchand de poissons, Laitière, Nourrice. 3 dessins à l'encre dont un au revers.

84 — Vues en Hollande. Aquarelles signées A. S. 1746 et 1782. 2 p.

85 ÉCOLE ESPAGNOLE. Grande Suspension d'église de style rocaille. Beau dessin d'orfévrerie à l'encre de Chine.

86 ÉCOLE ITALIENNE. L'Adoration des bergers. Dessin à la plume lavé d'encre de Chine.

87 — Baptême de Jésus. Dessin à la plume légèrement lavé.

88 — Saint Jérôme à l'entrée d'une grotte, s'inspirant. Dessin au lavis de bistre.

89 ÉCOLE ITALIENNE. Sainte Catherine, Immaculée, Assomption. 7 dessins.

90 — Présentation au Temple. Au bistre.

91 ÉCOLE ALLEMANDE du xvie siècle. Petit Paysage où se voient David et Bethsabé. Dessin très-fin à la plume, lavé d'aquarelle.

92 ÉCOLE ALLEMANDE. Sainte Famille. Dessin à la pierre noire rehaussé de blanc.

93 ÉCOLE ALLEMANDE. Annonciation. — Sainte Famille. 2 dessins du xvie siècle.

94 — Bvsseol. — Cremps. 2 Vues. Aquarelles très-anciennes avec écriture du xve siècle au revers. 2 p. très-curieuses.

95 FERRI (Ciro). Sainte Famille. Esquisse à la sanguine (Collection J. Dupan).

96 FLAMENG (Léopold). Un Bohême. Vigoureux
dessin au bistre.

97 FLERS (C.). Croquis de paysannes, d'ap. nature.
Crayon relevé de couleur. 6 p.

98 FLINCK (Govaert). Apôtre tenant un livre. Dessin
à la pierre noire.

99 FRAGONARD (Honoré). Bacchante à califourchon
sur le dos d'un satyre. Dessin à la sépia, gravé
dans l'ouvrage de Saint-Non.

100 GALLE (Philippe). Jésus et la Samaritaine. Dessin
très-fin à la plume, d'après Blockland. Ce dessin
a été gravé. Signé.

101 GOERÉE. Fleuron. Ornement avec figures à la
plume, relevé de couleur. Charmant petit dessin.

102 GOLTZIUS (Henri). Sujet mythologique. Dessin
délicat au lavis de pierre noire.

103 GOLTZIUS ? (Henri). Vertumne et Pomone·
Dessin à la plume et au lavis d'encre de Chine.

104 GOUACHES. Volcan en éruption par trois cônes.
— Vésuve en éruption. 2 gouaches in-fol.

105 GOYEN (Jean Van). Massifs d'arbres sur le bord
d'une rivière au milieu desquels on aperçoit une
chaumière. Dessin à la pierre noire, de la pre-
mière manière de cet artiste. Daté de 1633 (Collection de La Fontinelle). Sous verre.

106 — Manoir au bord d'une rivière sur laquelle se
trouvent quelques barques. Bon dessin à la pierre
noire légèrement lavé d'encre de Chine. Signé
du monogramme et daté de 1653.

Hédou 3.   Descham 2.50   Aubaillet 8.

Descham 1.50

Hédou 3,   Descham 3.   Cusco 12   Fieury

Descham 6.50   Cusco 8

Descham 1

Descham 2,

Descham 1.

OR. 25   Descham 7.

OR. 10   Descham H   Garnin 7.   Duval 27.

Descham 2. Lapert. 16. OK. 8

Descham 1

Mory 7. Janvier 10 Descham 1.50

Descham 1.50

Descham 2 OK. 25.

Descham 1 50

Ceis 85. Descham 7 OK. 10

Curso 3 Descham 1

107 GRÉGOIRE (Paul). Garçon prenant une bouteille dans un baquet. Crayon rehaussé de blanc.

108 GREUZE ? (Jean-Baptiste). La Récureuse. Beau dessin largement traité au lavis d'encre de Chine.

109 GRISONI (Giuseppe). Saint Laurent attaché à l'arbre. Pierre noire rehaussée de blanc.

110 GUASPRE. Paysage avec rivière, à l'encre. Signé *Gasparo*.

111 HARDOUIN (J.). Tartuffe assurant la pureté de ses intentions. Dessin à la plume lavé à l'encre de Chine.

112 HEMSKERKE (Martin). Construction d'un palais. Un grand nombre d'ouvriers sont occupés à divers travaux. Sur le devant, deux architectes semblent se consulter. Très-beau dessin à l'encre de Chine relevé de blanc. Encadré.

113 — Sujet de l'histoire ancienne. Dessin à la plume lavé d'encre de Chine.

114 HERVIER. Maison rustique au bistre.—Baraques au crayon. 2 dessins signés.

115 HOBBÉMA (Mindert). Rivière sous bois. Au fond, une maisonnette au pignon à l'espagnole, sur le devant de laquelle un homme est assis; sur le seuil, une femme semble parler à un homme poussant sa barque; à gauche, un homme, suivi de son chien, passe sur un pont rustique. Large et vigoureuse encre de Chine traitée de main de maître. Sous verre.

116 HOUBRAKEN (Arnold). Buste de Démocrite. Dessin à la plume d'une grande finesse.

117 HUET. Petit Chien qui jappe. Sanguine.

2 . 50   117 / 118 HUET. Études d'arbres, pierre d'Italie. Signé et daté 1773.

119 — Troupeau en marche, pierre d'Italie.

5   120 JORDAENS (Jacques). La Fille de Jephté. Dessin vigoureux à la plume, lavé de sépia.   5

3   121 JOUVENET (Jean). La Matrone d'Éphèse. Dessin à la sanguine.   3

1 . 50   122 — Ange et Chérubins. Étude à la pierre noire rehaussée de blanc.   3

6   123 LA BELLE ? (Etienne). Guerrier renversé sur un bouclier et tenant un étendard. Bon dessin à la plume.   3

3 . 50   124 LA FAGE (Raymond). Silène sur un âne, entouré de bacchantes. Dessin de forme ronde, à la plume, et lavis de sépia.   5

13   125 LAFAGE. Trois personnes près d'un mort. Largement esquissé au bistre.

1 . 50   126 LAFITTE. Châtelaine. Beau dessin à l'encre.

11   127 LAGRENÉE (Jean-Louis). Hébé versant le nectar et le Triomphe de Bacchus. 2 médaillons de forme ronde. Beaux dessins à l'encre de Chine sur fond d'ocre.

11   128 — Un Sacrifice par une vestale. — Un Sacrifice par un grand-prêtre. 2 médaillons de forme ronde. Beaux dessins à l'encre de Chine sur fond d'ocre. Pendants des précédents.

6 »   129 — Un ange ouvre la porte, un homme à genoux aux pieds d'une femme. Beau dessin au bistre rehaussé de blanc sur papier bleu.

Dereham 1. 50

Dereham 1.

Dereham 2, M. I. C. 10

Dereham 1,

Dereham 1,

Hedon 3, Dereham 2. 50

Laport. 12. Dereham 2 50

?K. 10 Hedon 4, Dereham 3 50

?K. 10. Hedon 4. Dereham 3 50

Hedon 2 50 Dereham 2. 50

Cisso 5. Libri 22 [...] 10 Descham 1.50 Ch. 12.
pas Constr. preuv.

Descham 1.50

Pieussy Descham 1.50 Laport. 46 X

Descham 3

Descham 1

Descham 1.50 Ch. 6

Marg 7. Sensier 10 Descham 1

Libra 22 Leis 12. Descham 1 Ch. 12
pas Contrepreuve

130 LALLEMAND. La Diseuse de bonne aventure. Des personnages de qualité, sortant d'un palais, se font dire la bonne aventure par une Bohémienne. Important dessin à la plume largement lavé d'encre de Chine.

131 LANFRANCO (Gio Bta). Le Baptême de Jésus. Dessin à la plume et au lavis de pierre noire. Signé.

132 LANTARA, 1769. Maisons près d'une large rivière. Pierre d'Italie. Signé, daté.

133 LANZANI (Andrea). Madeleine penchée vers la terre. Bon dessin à la sanguine.

134 LARUE. Triomphe d'un roi, à la plume. — Sainte Famille, au bistre, anonyme. 2 p.

135 LASINIO. Sibylla Samia. Crayon et lavis très-fin, d'après Guerchin.

136 LAZZARINI (Grégoire). Régulus retenu par son épouse. Dessin à la plume lavé de bistre et rehaussé de blanc.

137 LE BRETON. Tentation de saint Antoine. Grand in-fol. Composition immense inspirée de Callot, à l'encre.

138 LE BRUN (Charles). Vestales agenouillées. Dessin au lavis d'encre de Chine. (Collection Fleury Hérard.)

139 — Adoration des bergers. A l'encre de Chine.

140 — Panneau décoratif d'architecture avec figures. Sanguine et lavis.

141 LE MOINE (François). Bergères au bord d'une source ombragée d'arbres. Beau dessin à la sanguine.

4   **142** LE PRINCE? (Jean-Baptiste). Tête d'homme coiffée d'un bonnet fourré. Dessin à la sanguine.   2

Vuy 7   **143** LE PRINCE (Xavier). Jupiter et Mercure chez Philémon et Baucis. Dessin à la pierre noire, lavée d'encre de Chine, signé du monogramme.   5

1.50   **144** LE SUEUR (Eustache). Étude d'un homme s'appuyant sur une tablette reposant sur les genoux. Pierre noire et sanguine relevées de blanc.   3

2   **145** LOMBARD (Lambert). Roi tenant son conseil. A la plume et lavé.

5   **146** LOO (Carle Van). Études d'hommes. 2 sanguines très-fines exécutées pour l'*Encyclopédie*.   3

1   **147** LORRAIN (École de Claude) Domenico Romano? Paysage montagneux parsemé de bouquets d'arbres. Au lavis de sépia.   4

8   **148** MANDER (Karl Van). Moïse et le serpent d'airain. Bon dessin à la plume légèrement lavé et rehaussé de blanc.   5

14   **149** — Vulcain. Beau dessin à la plume, lavé de bistre et relevé de blanc.   3

Vuy 2   **150** MASSARD (Louis). Portraits d'Agricola, savant, 1485 — J. G. de Campistron, académicien. 2 dessins mine de plomb ; ont été gravés dans la galerie de Versailles.   2

1.50   **151** MAVRONI (Giuseppe). Grand-prêtre célébrant un holocauste sur le devant d'un palais. Encre de Chine. Signé.   3

Deschamp   1

Deschamp   1. 50   M. 3. C. 8.

Deschamp   1.

Deschamp   1. 50

Deschamp   1.

Deschamp   1.

Deschamp   2,

Deschamp   1.

Cusco 10   Dereham 2. 50   OK. 12

Dereham 2   OK. 8

Dereham 1

Dereham 1

Lсинdh 26

Aubattel 30. Dereham 1.

152 MAZZOLI (Francesco), dit le Parmesan. Le Prêche de saint Jean. Le saint est représenté assis sur un monticule. Au bas sont réunis, artistement groupés, un nombre d'auditeurs qui semblent l'écouter avec attention. Beau et vigoureux dessin à la plume fortement accentué à la sépia. (Sous verre.)

153 — Sainte Famille. La Vierge, tenant l'Enfant Jésus sur les genoux, est assise sur un banc de pierre posé sur une marche. Très-beau dessin à la sanguine rehaussé légèrement de blanc. (Sous verre.)

154 MEER le jeune (Van der). Paysage orné de figures et d'animaux. Aquarelle. (Collection Camberlyn.)

155 MOLYN (Pierre). Paysage coupé par une route. Sur le premier plan se voit un groupe d'hommes accroupis. Bon dessin à la pierre noire. Signé.

156 MOREAU (Louis). Ruines d'un manoir. Dessin à la pierre noire. Porte le monogramme.

157 MOUCHERON (Isaac). Paysage avec cavaliers. Pierre noire rehaussée de blanc sur papier teinté.

158 MOUCHET. Tête de femme. Dessin à la pierre noire estompée et relevée de sanguine.

159 MULLER. Théâtres de Paris. Le Cirque, les Italiens, l'Odéon, les Variétés. 4 dessins à la mine de plomb. (Collection Gihaut.)

160 NANTEUIL (Célestin). Villages dans les montagnes. 2 dessins crayon et lavis rehaussés de blanc, avec le timbre bleu de sa signature.

161 NATOIRE (Charles). Diane affaissée est entourée de ses chiens. Dessin à la plume et sanguine.

162 NETSCHER (Gaspard). Portrait d'un personnage tenant une lettre. A la plume lavée d'encre de Chine.

163 NICOLLE (V.-J.). Passage des Alpes vers Narni, près de la campagne de Rome. Belle aquarelle.

164 NICOLLE (Genre de). Le Château Saint-Ange. Bon dessin à la plume, légèrement lavé d'aquarelle.

165 NORBLIN, ingénieur. Vue d'un village. A l'encre de Chine.

166 PALMA (Jacopo). La Vierge et l'Enfant Jésus apparaissant à des saintes et des martyrs. Bon dessin à la plume, lavé de sépia et rehaussé.

167 PALMERIUS. Pâtre gardant vache, chèvre et moutons. A la plume, lavé. Beau dessin.

168 — Grand paysage en hauteur. A la plume et bistre.

169 PARROCEL. Cavaliers cuirassés. A l'encre. (Collection J. Dupan.).

170 — Combat de cavaliers. A la sanguine. Grand in-fol.

171 PAS, 1582. Concert d'anges. Grisaille. Signé du P et la date.

172 PERIGNON le père. Groupe d'habitations sur le bord d'une mare. Dessin à l'encre de Chine légèrement teintée.

Duchaem 2.

Duchaem 2

Duchaem 1.50

Duchaem 2.50   Cusco 6

Duchaem 1.

Duchaem 1.

jarcin 4.

Duchaem 2.   Sansier 8   Mony 5

K. 12   Sansier 8.

Hedou 2

Deschun 1. 50   Hedou 3

Deschun 1

Garin 5   Deschun 3. 50

Teis 28.   Deschun 3   Ok. 10

Deschan 5   Ok. 8

Deschun 1   Ok. 5

173 PIAZZETTA (Jean-Baptiste). Jeune homme tenant
un bol à couvercle. Dessin à la pierre noire,
teinté et rehaussé de blanc. Il a été gravé par
Pitteri.

174 — Buste d'homme exécuté à la pierre noire
rehaussé de blanc. Signé et daté de 1746. Ce
dessin a été gravé par Pitteri.

175 PIGAL. Un banc au Palais-Royal. Vieillard exa-
minant sournoisement une soubrette. Dessin au
bistre.

176 PORBUS (Attribué à François). Dessin relatif à
la minorité de Louis XIII. Marie de Médicis,
sous la protection de la Religion et de l'Eglise,
accepte la Régence. Elle est entourée de mem-
bres du Parlement. Dessin à la plume, lavé de
bistre et rehaussé de blanc.

177 POUSSIN (Nicolas). Bacchante s'enivrant. Un
satyre verse, dans la coupe qu'elle tient, le vin
d'une outre. Un autre semble vouloir renverser
une grande urne, tandis qu'un autre satyre
cueille du raisin. Plume et lavis d'encre de
Chine.

178 POUSSIN (Nicolas). Deux médaillons ovales.
L'un représente un Hermès dans un groupe
d'arbres ; l'autre, un vase antique posé sur un
soubassement orné de sculptures. Au fond, on
aperçoit le fronton d'un temple. Ces dessins sont
exécutés d'une plume légère et délicate assez
rare à rencontrer de ce maître.

179 PRIMATICE (François). Deux Femmes drapées.
Études à la pierre noire rehaussées de blanc.

180 PRONK, 1731. Village hollandais. Jolie aquarelle.

181 PYNAKER (Adam). Études de roches et terrains éboulés. Encre de Chine teintée.

182 RAMBERT. Le Marchand d'esclaves. Aquarelle traitée sur un trait d'eau-forte.

183 REMBRANDT (Paul). Joueur de vielle au-devant d'une maison. Dessin à la sépia, largement traité, mais d'une incorrection telle qu'on le remarque parfois chez cet artiste.

184 ROBERT (Hubert). Chapiteaux et ruines au milieu desquels l'artiste s'est représenté dessinant. Belle sanguine.

185 RUBENS (Pierre-Paul). Le Christ transporté au sépulcre. Malgré ses petites proportions, cette conception possède toutes les qualités d'une grande composition. Dessin à la plume et lavis rehaussé de blanc.

186 — Femme nue assise, se cachant la figure. Étude à la pierre noire.

187 RUISDAEL (Jacques). Moulin sur un monticule environné de touffes d'arbres. Vigoureux dessin au lavis d'encre de Chine relevé de blanc sur papier bleu. Signé du monogramme.

188 SABBATTELLI. Guerriers se combattant. Énergique dessin à la plume.

189 SACCHI (André). Mutius Scevola et autre scène romaine. 2 dessins pierre d'Italie rehaussés de blanc sur papier bleu.

Berscham 1.   Santsei 6.   Mary 5

OK. 8   Hatton 3.   Berscham 1.

Berscham 1.50   Leis 16.

OK. 5   Berscham 1.50

OK. 6.   Berscham 2.

Berscham 4.   Berinding 6.

OK. 7.   Berscham 14.   Berinding 10   Cusco 12.

Berscham 1.   Cusco 8

Berscham 2.

Teis 10   OK, 6

Dereham 3   Hedon 3   OK. 10

Dereham 1

Dereham 3   Laport. 19

Dereham 20   OK. 20

Dereham 1.50   OK. 12

190 SACHT LEVEN (Herman). Une ville au bord de la mer. Dessin à la pierre noire et lavis d'encre de Chine.

191 SAINT AUBIN (Gabriel de). La Marchande de modes. Joli dessin à la plume, lavé de bistre.

192 SALVI (Tarquinio), dit Sasso Ferrato. Jeune pâtre couché. Dessin à la pierre noire.

193 SANTERRE (Julie). Diane et une nymphe au bain. Dessin à la pierre noire et sanguine. Signé et daté de 1790.

194 SANZIO (Raphaël d'Urbin). Une femme, artistement drapée et assise sur des nues, pose les pieds sur une sphère terrestre. Elle tient de la main droite un joug ou sceptre ; la main gauche est posée sur la poitrine. La suavité d'expression de la figure et la délicatesse du dessin des mains révèlent un artiste de premier ordre. A droite sont deux anges debout sur des nues supportant une tablette. Cadre doré.

Quel que puisse être le sentiment des Amateurs sur l'attribution que nous donnons, il ne semble pas douteux qu'on doive reporter ce dessin au commencement du xvi° siècle. Les restaurations légères qui ont été faites anciennement font présumer qu'on lui attribuait un certain mérite. La gravure de E. Bonneionne, que nous joignons porte la mention : Raphaël Urb. inv. Mais elle n'en rend qu'imparfaitement le caractère et la pureté, tant les grands maîtres sont d'une interprétation peu facile.

195 SILVESTRE (Israël). Un groupe d'hommes s'efforcent de retenir un carrosse prêt à tomber, tandis que d'autres spectateurs les considèrent. Beau dessin à la sanguine. Encadré.

3 . 50   196 SILVESTRE (Genre de). Couvent italien. Dessin à la plume, largement lavé d'encre de Chine.

13   197 SOLIMÈNE (François). Médaillon composé de femmes tenant des branches de laurier et les attributs de la Papauté. Motif de plafond à la plume, lavé d'encre de Chine et d'aquarelle.

1 . 50   198 SOMER (J.). Chaumières et moulin au bord d'un ruisseau. Aquarelle.

8   199 SOUFFLOT (Attribués à). Vestiges de monuments de l'antiquité à Rome. 5 dessins largement traités au lavis d'encre de Chine et sépia.

Vve 5   200 STELLA. Sainte Famille adorée par un ange. Au bistre.

10   201 TEMPESTE. Combat de cavaliers cuirassés. Plume et lavis.

Vve 10   202 TENIERS le jeune (David). Concert de singes. Dessin à l'encre de Chine, signé du monogramme de l'artiste.

3   203 TENIERS. Cinq buveurs. Croquis, mine de plomb.

5   204 — Le Jeu de boules. — Buveurs. 2 petites gouaches sur vélin, d'après lui.

Vve 1   205 TESTA (Pietro). Étude d'un homme supportant un fardeau. Pierre noire rehaussée de blanc sur papier de couleur. Au verso un sujet analogue.

Vve 21   206 — Saint Charles Borromée implorant la Vierge contre la peste. Plume et lavis de pierre, accompagné de l'eau-forte de l'artiste.

Derehum 1.50

Derehum 1.

Derehum 1.   Cuseo 10

Derehum 1.

Derehum 4.   Dienry

Derehum 1

ledou 5   Derehum 2.   Cuseo 20

Derchum 2   Lapert 16

Derchum 1,50

Derchum 1. 50

Derchum 1. 50

Derchum 2   Lapert. 13
Two...

Derchum 1

Derchum 1   JK. 10

Derchum 2

Derindung 3   Derchum 1 50

Derchum 2   Hedon 3

Cusco 5. Derchum 2

207 TIÉPOLO (Jean-Baptiste). Tête d'homme à barbe. Belle étude à la sanguine, signée.

208 VAN DER WERFF (Adrien). Étude de femme. A la pierre noire rehaussée de blanc.

209 VANNI (Francesco). L'Annonciation. Composition en forme de fronton exécutée à la plume et au lavis de sépia coloriée.

210 VANNUCCI (Andrea del Sarto). Homme drapé appuyé sur un bâton. Dessin à la pierre noire.

211 VELASQUEZ (Attribué à). Portrait en pied d'un jeune seigneur. Dessin à la plume, lavé d'indigo.

212 VEYRENX. Tours, Fabriques, Ruines. Au bistre et à l'encre. 9 p.

213 VIANNI (Giovanni). Académie d'homme à la sanguine rehaussée de blanc. Bon dessin.

214 VIGNON (Claude). Tête d'expression exécutée à la pierre noire.

215 VILLERET. Le grand bassin des Tuileries; au fond, on aperçoit l'Obélisque et l'Arc de l'Étoile. Dessin à l'aquarelle d'une grande finesse, signé.

216 VRANX (S.). Batailles contre les Turcs, avec éléphants. — Ange chassant une armée. 2 compositions différentes. 4 dessins à l'encre de Chine des collections P. Visscher et J. Dupan.

217 WILLE (J.-G.). Un professeur de géographie enseigne cette science à deux enfants placés auprès de lui. Dessin à la pierre noire.

218 — Ferme auprès d'un monastère en ruines. Lavis de sépia. Signé et daté 1781.

219 WILLE le fils. Chanteurs ambulants sur un tréteau appuyé sur une borne. Au Pont-Neuf? Lavis d'encre de Chine relevé de blanc.

220 WILLEBORT. Adam et Ève chassés par l'ange. Dessin au lavis de bistre. Signé.

221 VILLEVIELLE. Intérieur d'un bois. Dessin à la pierre noire rehaussée de blanc. Signé.

222 WINGE (J.-A.). Bacchus, Terpsichore et l'Amour. Dessin à la plume, pierre noire et lavis. Il a été gravé par Sadeler.

223 WINTERHALTER. Épisode de l'histoire romaine. Plume et lavis d'encre de Chine.

224 WORDLIGE (J.). Têtes d'Étude. Deux dessins à la pierre noire.

225 WOUVERMANS. Trompette sonnant l'appel au camp. Composition de quinze figures à l'encre de Chine. Signé.

226 — Le Coup du départ à la cantine. Composition de sept figures à l'encre de Chine. Signé.

227 ZAMPIERI (Domenico), dit le Dominiquin. Étude d'homme endormi, académie. Sanguine relevée de blanc.

228 ZCHENDER, 1786. Vue de la Birts, près le canton de Bâle. Grand dessin à l'encre, rehaussé de blanc sur papier bleu.

229 École Française vers 1815. Croquis, premières pensées pour tableaux, études, etc. 128 p.

230 Sous ce numéro, plus de 300 dessins à la sanguine, au bistre : Aquarelle, Costumes, Vues, Paysages, Sujets religieux et autres. Seront divisés.

Vᵉˢ Renou, Maulde et Cock, imprˢ de la Cⁱᵉ des Commissaires-Priseurs, rue de Rivoli, 144.   47847

Dischamm 1.50

Apost. 13   Dischamm 1.

Dischamm 2.50

Dischamm 1.

Verändung — 5

Dischamm 6   Leis 30   Horg. 30   Auno 25

Vesändum 2.5   Leis 30   Horg 20

Dischamm 1.50

Dischamm 1.

Dischamm 10.

302 catalogue a la Poste   1711,50

    Étranger, France Paris   15 50

58 Lasquien   2 50

4 Mains chemises   6

Transport a l'hotel   2 50

Honoraires 10 %   171 10

                                    197 60

Affiches et afficheur   32 80

Insertions au Moniteur des Ventes   7 20

Déclaration de Ventes   2 20

Timbre du Procès Verbal   3 60

Enregistrement y compris la décharge   46 75

Versement en bourse commune   54

Honoraires Delbergue   54

Clerc et crieur   12

Location de la Salle et entrée   24 55

Catalogue 400   99

Commissionnaire   5

aux employés pour Suppl. de travail   10

                                   548 70

    Déduire les 5 % des acquereurs   85 60   463 10

Avis.

Nous recommandons à l'attention de MM.
les amateurs de raretés historiques et curieuses
un très intéressant portrait de François Rabelais,
qui sera mis en vente publique le 24 Novembre
courant, hôtel Drouot, salle N° 7, par les soins
de M. Delebergue Cormont, Commissaire priseur.
Le curieux dessin, de la fin du XVIe siècle,
représente le caustique curé lisant une gazette.
De tous les portraits qui ont été publiés, aucun
n'offre mieux que celui que nous signalons, le
caractère de la physionomie railleuse telle
que devait être celle de cet éminent critique,
dont l'esprit tout gaulois n'a encore été
surpassé.
Toute la verve goguenarde de l'auteur
de Pantagruel se lit sur cette figure empreinte
de malice encore, malgré l'âge avancé où ce
dessin le représente. Ce type des mieux carac-
térisés, est bien supérieur à tous les portraits
connus de François Rabelais.

N. B. Ce portrait sera exposé le 24 Novembre,
jour de la vente, salle N° 7, de midi à une heure.

Imp. Hillekamp, 63, Boul. de Strasbourg